U0010726

《台灣歌謠教唱本》 *children's songs*

台灣囡仔的歌

康　原 ◎ 作詞・導讀
曾慧青 ◎ 作曲・編曲

♪ 首創
教唱版CD
・
欣賞版CD

晨星出版

獻給大人與小孩的台灣的歌

目次 CONTENTS

兒童想像的再現

　　散文家康原兄長期從事創作，同時也獻身於彰化文史工作，他對於台灣囡仔歌的蒐集整理，以及他的囡仔歌創作，都令人讚賞，累積經年有著豐富的成績。詩人蕭蕭說他「深受台灣囡仔歌影響，為新詩創作另闢幽徑，創造了：和諧的押韻之美，驚喜的拼貼之美，豐盛的物產之美，教育的傳承之美，純真的戲謔之美，多變的台語之美。」的確說出了這幾年來康原作品的特色。

　　囡仔歌本來屬於民間文學唸謠的一種，透過孩童的遊戲，而能傳唱，既具遊戲的快樂，也有教育的功能。如台灣早期的囡仔歌，就是在兒童的遊戲之中發展出來，為了遊戲，押韻以成歌謠，就成為必要的條件之一，要如此，先得掌握台語的聲韻、音節，調製出可以琅琅上口的詞句；此外，由於遊戲需要趣味，因此囡仔歌的歌詞通常不必然強調語言的邏輯性、也不必然要求前後文的連貫，因而特具語言和象徵的拼貼趣味，能讓孩童因為驚奇的語境發揮相當的想像和歡樂。如很多人都記憶深刻的〈炒米香〉：

一的炒米香，二的炒韭菜，三的沖（ㄑㄧㄤˊ）沖滾，
四的炒米粉，五的五將軍，六的乞食孫，七的分一半，
八的爬梁山，九的九嬸婆，十的撞大鑼，
打你千，打你萬，打你一千擱一萬。

　　這樣的囡仔歌，就讓人難忘，其中展現的，是兒童想像和創意、夢和歡暢的飛躍。

　　康原兄採集台灣民間歌謠多年，對於囡仔歌中的趣味和想像，相信更有

切身的感覺和體會。這幾年來，他陸續發表的囝仔歌都受到各界的矚目，收在這本書中的二十首囝仔歌就是明證。康原以自己孩童時代的經驗和記憶，配合著囝仔歌的形式和聲韻，寫出了新時代的台灣孩子的歌。這是他對台灣民間文學傳承的一個貢獻。這本書所收的作品，如能在廣大的孩童口中傳唱，台灣的孩子就有新的記憶、新的趣味和新的夢想。

這二十首創作囝仔歌，事實上也是一個台灣中壯代作家的童年經驗的再現。在這些作品中，康原寫童年時住過的濱海漁村的海洋、寫吹著強勁海風的田野、寫農人耕作的情景，他的筆下，展現了一九五○年代台灣的漁村、農村景象，歸巢的野鳥、原野的菜仔花、青菜，都成為創作的焦點，讓孩子們透過這些歌謠的傳唱，重新認識父祖的生活，了解早年台灣的圖像，因而也對台灣上下一代的經驗傳承具有相當的意義，而不僅止於康原個人童年的回憶。

除此之外，康原的這些創作囝仔歌，也有意突破傳統囝仔歌既有的格局，如書中所收〈阮為迌迌來出世〉、〈拍干樂〉，在記錄童年遊戲的同時，也翻新了囝仔歌的慣用語詞；又如〈日月潭的情歌〉、〈伊達邵的囝仔〉等以邵族原住民族為題材寫出的作品，更是表現了融合邵族想像和神話世界的美感，令人喜愛。

我很高興能先拜讀康原兄新創的這些台灣囝仔歌，一如康原兄所說，這些歌謠，不僅是為孩童而寫，可讓熱愛台灣的青少年吟誦，我相信即使已經當了祖父的人也可唱誦吟，其中表現的台灣圖像，鮮明而溫暖，台灣囝仔歌的特色，在康原筆下重新復活，台灣的記憶也在這些作品中回到我們的心中。

向陽　中興大學台灣文學研究所副教授

用母語記錄土地的節奏

台灣囡仔的歌

　　一九八○年代中期以來，經過二十年的母語復育運動，說母語、書寫母語、保存母語已經形成共識。現在，說母語不但不必罰錢、罰站，而且正式進入教育體制進行教學。最可喜的是，更多人投入母語文學的創作，母語詩、母語歌不再是低俗的標誌，台灣人開始懂得欣賞母語之美，在母語詩歌中聞到泥土的芬芳，進一步感受到土地的節奏，彰化詩人康原的囡仔詩歌就是最生動的文本見證。

　　康原長期踏查彰化的鄉野、山河，用文學的方式紀錄彰化的人文風物與歷史，《尋找彰化平原》、《尋找烏溪》、《八卦山》、《花田彰化》……等著作從不同的角度、用不同的姿勢來呈現彰化的面貌，為「彰化學」奠定了基礎架構，是地方文史界公認的「彰化通」。

　　除了彰化文史的耕耘紀錄以外，康原也從事囡仔詩歌的創作，曾經出版過《囡仔歌教唱讀本》、《台灣囡仔歌謠》。這一次要出版的這一本《台灣囡仔的歌》，二十首囡仔詩歌構成一幅包羅萬象的兒時農村生活記憶圖，用成人的筆寫出囡仔趣味，彰顯台灣人善良勤奮的價值觀卻沒有說教八股味。而其中的「彰化味」，像「回鄉的路」用通往八卦山、王功、溪洲、埔心的四條路就輕輕勾勒出彰化的山海線環境及人情味；「黃昏的野鳥」、「闊茫茫的海」、「海洋的歌」則是家鄉漢寶的實景描寫。

　　由於長期做地方文史紀錄的工作，康原逐漸體認台語書寫是一種情感真實與紀錄的必要，執意嘗試寫台語詩，《八卦山》就是他母語創作的初步成績展現。詩人李勤岸在那本書的序中說，「康原是有學音樂的人，伊寫的台語詩自然就音樂性特別強，吸收民間歌詩的傳統，閣接續台語詩運動二條路線其中的『韻文詩』傳統」。康原的台語詩從台灣民間說唱文學吸取養分，

很有草根性，很口語化，看不到中文轉譯的痕跡。因此，康原的台語詩本身就具備台語原汁原味的旋律與節奏，那是語言自然天成的音樂性，作曲者曾慧青小姐又能順著這個音樂性譜曲，豐富了詩歌的藝術性。這幾年為傳統唸謠譜曲有相當出色成績的，有國寶級作曲家郭芝苑及簡上仁、施福珍等，康原這一本《台灣囡仔的歌》也毫不遜色。

　　有越來越多的人投入台語文學各類創作，可是兒童文學這個區塊的台語書寫卻相當弱勢，以致於國小展開母語教學後，才發現非常缺乏兒童台語教材，康原這些囡仔詩歌正好適時填補這個空缺，不但是很好的台語囡仔詩，而且也是生動的鄉土文化教材。吟唱這些囡仔詩歌，一邊回味詩中描述的農村生活畫面，一邊感受康原用母語所記錄這塊土地的節奏，是一種享受、一種幸福。

廖瑞銘　中山醫學大學台灣語文學系主任

台灣囝仔，福氣啦！

距離上一次與慧青的見面已經又過了五、六年，自從借調到台北市立交響樂團擔任行政工作這兩年半以來，我的日子過得非常「充實」，除了原先的教書、演奏以外，還得朝九晚五，因此經常漏接電話而必須聽語音信箱。慧青這次也一樣，我從答錄機中得知她已回台，聯絡過後約定一個禮拜後在我辦公室見面。

認識慧青是從她國小五年級開始，當時她就讀光仁小學音樂班，而我是她的低音管老師，就這樣一路下來到國中、高中、乃至東吳大學，前後一共教她十二年，真可以說是看著她長大的。慧青曾經於初中時期得過台灣省賽的少年組低音管第一名，也在一九八八年得到由台北市立交響樂團主辦的協奏曲比賽低音管冠軍。在我印象中她一直是個才女，不僅主修低音管吹得好以外，也彈得一手好鋼琴。套一句音樂圈常用的形容詞就是：她是個很靈的人。東吳畢業後沒多久，她便負笈美國繼續深造，隔幾年後因為身體的緣故而放棄了低音管，這件事讓我難過了好一陣子。

慧青在電話裡說，她這些年裡有許多的大改變，見著面聊一陣子後，我也有些驚訝，其實應該用「驚喜」來形容我的心情，一是她在美國時學了好多年氣功太極拳，而且都當起教授了。再者是她受康原先生之託，為所著「台灣囝仔的歌」的每一首詩都創作出旋律，而這本「台灣囝仔的歌」完全是以台語發音的。我覺得慧青沒有變啊，仍然是個才女！外在環境的改變並沒有影響到她內心的執著與能量，而且人在國外這麼多年了，還願意為本土的文化貢獻，的確令人感動。

這本歌謠即將出版，我除了寄予最深的祝福外，也期待著慧青下一次再帶給我的驚喜。最後一句要說的是：台灣囝仔，福氣啦！

台北市立交響樂團團長

徐家駒　　2006.8.24 於台北

台灣人的情歌

　　這二十首台語詩歌，不僅小孩可唱，還可讓熱愛台灣的青少年來吟誦，所以稱它台灣囝仔的歌，也可以說是台灣人的情歌；歌謠中有家鄉的風土滋味、童年的嬉戲記憶與成長過程的生活點滴，寫出了作者由孩子時代漸漸步入老年的心中情緒，以及那揮不走的鄉村經驗與記憶，記錄這些童年往事，主要是藉歌謠來傳遞一些生活經驗。

　　小時候住在濱海的鄉村，家人以種田與討海為生，常常面對著廣闊的海洋，以及那吹有強勁海風的田野，因此寫出海洋的歌與鄉親耕作田園的情景；不管是歸巢的野鳥或原野黃澄澄的菜籽花、青菜都寫入歌謠中，可從歌謠中認識鄉村的生活風貌。

　　記憶中的鄉村年節，以及求神拜佛的日子，才能吃到一塊豬肉或雞腿，是一種珍貴的記憶，因此寫下了〈瘦猴囝仔〉與〈媽祖婆〉來見證年少時的心理；〈阮為迌迌來出世〉、〈拍干樂〉是記錄童年的遊戲。

　　一些描寫台灣人情懷的歌，如〈日月潭的情歌〉、〈伊達邵的囝仔〉、〈富貴的兄弟〉、〈回鄉的路〉、〈同窗〉、〈種菜的阿嬤〉可見證台灣人的善良、勤奮、重感情。

　　此書的作曲者曾慧青小姐，自幼學習音樂。由光仁小學、中學音樂班畢業以管樂組甄試最高分，以第一志願保送東吳大學音樂系，而後赴美深造，取得喬治亞州立大學音樂理論碩士，現在在美國從事音樂教學工作。能請她作曲增加了此書的價值，在出書之前特別聊表謝意。

康原

作者序

媽祖婆

自細漢愛迌迌

冊攏讀無

阿娘叫阮去求媽祖婆

媽祖婆　請你乎阮的考試成績好

牲禮有雞佮有鵝

飯後嘛有荔枝加葡萄

〔註釋〕
❶ 愛迌迌：愛玩耍之意。
❷ 攏：都。
❸ 牲禮：拜神的祭品。

媽祖婆

行板

C										F/C		
3	6̂ 5	3. 5		6̂ 5	6	5. 3		2. 3̂	3	6	⁶2̌	

自　細　漢　　愛　迌迌　冊攏　讀　無，

Dm/C								G/C			C	
2. 1̂	2	3		5̂ 3	6 3	5		6	6 5		⁶1̌	

阿　　娘　叫　阮　去　求　媽祖　　婆。

C				Am				F			Dm	
5	5	3. 6		1. 1	6. 5		6. 6	5 1		2 3	³2̌	

媽祖　婆(啊)　媽祖　婆乎　阮的　考試　成績　好，

F7				Em			Dm7			G		C	
2 3̂ 2	6. 3		2. 1	¹2̌	1 2	2 1	6. 3		2 6	6.	⁶1̌		

牲　禮　有　雞　佮有　鵝，飯後　嘛有　荔枝　加葡　萄。

　　媽祖婆就是林默娘，是海神，台灣人的守護神。

小時候在海邊長大，村莊的廟鎮安宮、順安宮都供奉媽祖，小孩生病求助媽祖、農人播種也問媽祖、當然讀書考試也求媽祖，平時不燒香臨時抱佛腳是鄉下人的常態。

　　台灣人拜神的心態是功利至上，總希望神明有求必應；因此以小孩的心理寫出拜媽祖時，求媽祖婆能讓我讀書考試能考好，如果實現就會準備牲禮雞、鵝、荔枝、葡萄來祭拜。

　　小行板的速度，恬靜虔誠地唱出內心的祈禱。起初以較為平緩甚至向下走勢的旋律進行，好像是自我對媽祖婆的告白，透露著自己因貪玩以致書讀不好的無奈。曲中「媽祖婆」的疊句，一句高過一句，表達了心中的無限懇求與企盼。

媽 祖 婆

康 原 詞
曾慧青 曲

Andantino

自 細 漢　愛 迌 迌　冊 攏 讀 無，

阿 娘 叫 阮 去 求，媽 祖 婆 。

cresc.　　　　　　　　　　dim.

媽 祖 婆 (啊) 媽 祖 婆，乎 阮 的 考 試 成 績 好，

牲 禮 有 雞 佮 有 鵝， 飯 後 嘛 有 荔 枝 加 葡 萄。

年節

中秋時，月娘圓

想月餅，過三更

一年想了閣過一年

二九暝，好時機

炒青菜，參肉絲

這頓暗飯，才有肉佮魚

年節

小行板　2/4

2/4

```
  C                           G    C        G      C
‖ 5 5 5̂ 3  5 | 3 5 6̂  ³5 | 2 2  5̂ 3 5 | 5̂ 3 2  3 | 1 2 3  1 ³2 3 |
  中 秋  時， 月 娘   圓。 想 月 餅 (閣) 過  三 更， 一 年  想 了 閣
```

```
  G        C   3/4            C              G        2/4  C
‖ 2̂ 1 5  1 | 1 2 3  1 2 3  2 1 2 6 | ⁵⁶5 — | ²³2 — | 3 6  ³5. 3 |
  過 一 年。                         二 九  暝 是
```

```
            C                     G    G             F   G      C
‖ 6. 5  6 | 1̇ 6  3. 5 | 3 3 1  2 | 2. 2  5 2 | 3 5  ¹6. 2 | 1 — ‖
  好 時 機， 炒 青 菜 (閣) 參 肉  絲， 這 頓 暗 飯  才 有  肉 佮 魚。
```

　　農業社會的兒童，喜歡逢年過節，只有年節才能吃到比較豐盛的食物。小時候我們家貧窮，中秋節沒有月餅可以吃，看到鄰居吃柚子與月餅，我總是想著若能吃到一塊月餅，不知道有多愉快，這首歌寫出以前想吃月餅的心情。

　　「除夕夜」台灣人稱為「二九暝」，我們要吃魚與肉，必須等到除夕夜，可見年節是我們的期待，縱使是青菜裡炒一點肉絲，已經令人垂涎欲滴了。

　　本曲以中板速度順意地描寫過節的歡愉，切分音和附點音型即是歡樂的佐料。曲末之重點是在「這頓暗飯，才有肉佮魚」；此處以正拍附點音型來強調，唯有年節時才能享受到的豐盛食物。

　　年節的滋味，每一個小孩都有不盡相同的見解，尤其是貧窮的小孩，一定有五味雜陳的感受。你童年的年節是如何度過的？仔細回想一下吧！

年節

康 原 詞
曾慧青 曲

中秋　時，月娘　圓。想月餅　(閣)　過　三更

一年　想了閣　過一年　，

二九　暝是　好　時機　，　炒青菜　(閣)　參肉　　絲

這頓暗飯　才有肉佮　　魚。

瘦猴囝仔

瘦猴囝仔，人瘦瘦

大頭牯，身軀真薄板

做工課，革懶懶

愛食白米飯攪魯肉湯

有魚有肉伊著喝

讚！

〔註釋〕

❶ 薄板：薄薄的木板。

❷ 做工課：做工作。

❸ 革懶懶：表現出懶洋洋的樣子。

❹ 喝：喊。

瘦猴囡仔

4/4-3/4

‖: C
6 5 6 5 6 5 6 5 | 3 5 6 5 5 — | 1 1 1 2 1 2 3 0 |
瘦猴 囡仔 瘦猴 囡仔 人 瘦瘦， 大頭 大頭 牿，

G   C   C   C   G   Am   G
2. 5 2 6 2 1 — :‖ 5 3 2. 1 3 3 2 | 6 5 3 3 6 5. 6 6 5. |
身軀 真薄 板 。   做工 課 革懶懶，愛 食 白米 飯 攪 魯肉

3/4
Am   C   G   C
6 — 0 1 | 2. 1 2 | 3 6 2 0 1 1 | 0 0 0 ‖
湯， 有 魚 有 肉 伊著喝： 讚！

21

　　這是一首描寫一個瘦小孩子的歌謠，一般小孩的觀念「瘦小」通常會想到猴子，因此北京話會有「瘦皮猴」，也就是河洛話的「瘦猴」。

　　在我童年的歲月中，鄉下物質匱乏，常常三餐不繼，瘦小的孩子通常養成「頭額凸凸、身軀扁薄」所以說：「大頭牿，身軀眞薄板」。

　　小孩子想吃一塊肉或一條魚就必須等到逢年過節，才有機會；在現在豐衣足食的台灣社會的小孩心中，眞是無法想像的事情。

　　這位瘦弱的小孩，做事又是無精打采：「做工課，革懶懶」，天天想吃白米飯攪魯肉湯，若有魚與肉時，就喊出「好！」

　　這首曲子是活潑俏皮的快板，分A、B兩段；曲子裡頭運用了一些重覆句及切分音來表現童詩中的人物。比如：A段的開頭及以緊密的節奏與重複句，突顯主角「猴囡仔」的特性；切分音的重音也正好與「大頭」相得益彰。在B段中，藉由拍號的改變而造成重音的易位，緊湊強調出「魚」、「肉」、「讚」等字，強調出當年的孩子在物資缺乏的情況下，對於「吃」的嚮往。

瘦猴囡仔

康 原 詞
曾慧青 曲

瘦 猴 囡 仔 瘦 猴 囡 仔 人 瘦 瘦 ， 大頭 大頭 牯

身 軀 眞 薄 板 。 做 工 課 ， 革 懶 懶 ， 愛 食 白 米 飯 攪 魯 肉

湯 ， 有 魚 有 肉 伊 著 喝 ： 讚 ！

阮爲迌迌來出世

走斗箍，行包棋

閣咯雞，走去宓

放風吹，眞趣味

阮爲迌迌來出世

有時陣，去爌窯

有時陣，掠沙豬

有時陣，布袋戲

嘛有時，跳童技

〔註釋〕

❶ 走斗箍：滾輪圈。　　　　❹ 走去宓：跑去躲起來。

❷ 行包棋：下圍棋。　　　　❺ 有時陣：有時候。

❸ 閣咯雞：躲貓貓。　　　　❻ 爌窯：用燒熱的土烤甘藷。

阮爲迌迌來出世

小行板　2/4

```
       C              F    C      G              C
‖: 1 1  1 0 | 6 6  5 0 | 2. 2  5 6 | 3  3 2 1  1 0 | 6. 5  5 6 |
   走斗箍，    行包棋，    闊咯雞(啊) 走去       宓。   放    風吹

       1 2 1  6 0 |  C        G   C      C
                    1 #4 5 1 5 #4 5 | 1 2 1 ‖: 3. 5  5 3 |
   真趣味，    阮爲 迌 迌   來 出 世。  有 時 陣   去 爌 窯，
                              fine
   C6        #4 C
   1 1 6    5 |
```

```
   Dm              G          C              F           G
 | 6. 6  5 6 | 2 3  5 | 3. 5  5 3 | 1 6  6 6 | 5 5  5 6 |
   有 時 陣   掠沙豬，  有 時 陣   布 袋 戲，嘛有 時

   G    C
   2 1 6  1 0 :‖
      跳 童 技！
```

D.C. al fine

　　過去農村小孩的遊戲方式與現代都市小孩遊戲方式是不一樣的，為了傳遞過去小孩的生活經驗，寫出這首歌謠，把過去孩子的生活經驗記錄下來，小孩子都在遊戲中學習成長，每天創造出各種有趣戲碼。

　　鄉下小孩在假日會去「爌蕃薯窯、掠沙豬、學著搬演布袋戲」或「下圍棋、滾輪圈、躲貓貓」此歌中寫出各種遊戲的趣味性。其中抓沙豬是比較特殊的遊戲，沙豬是一種沙灘中的蟲，平常躲在沙洞中，小孩子通常用木麻黃的葉放入沙洞中，這種蟲就會咬著樹葉，小孩就把牠拉上洞，稱為「掠沙豬」，小孩子常比賽在一段時間內，誰抓最多。

　　此曲為朝氣蓬勃的進行曲強烈的節拍，表現著小孩子精力旺盛地到處玩的樣子。「阮為迌迌來出世」一句更是全曲的精神中心；於此，藉著四度跳音外加和聲外音的裝飾奏，來描寫頑皮小孩愛玩的個性。

阮爲迌迌來出世

康 原 詞
曾慧青 曲

Allegro con moto

走斗箍， 行包棋， 閣咯雞(啊) 走去 宓！

放 風吹，眞 趣味， 阮爲迌迌 來出世！

fine

有 時 陣 去 爌窯， 有 時 陣 掠沙豬；

D.C. al fine

有 時 陣 布 袋戲， 嘛 有 時 跳童技。

猴佮狗

樹頂一隻金絲猴

掛目鏡革緣投

嬉弄樹腳白花狗

金絲猴尚愛車糞斗

樹腳彼隻白花狗

氣甲汪汪吼

阮小弟驚一下

大聲哭　哭聲驚走

猴佮狗

猴佮狗

小行板 4/4

```
      Am                    Am    G        Am                C
‖: 6· 5 3  6  1 6 | 3 3 2  — | 6 3 3 · 6 | 5 1 2  — |
   樹頂 一 隻   金絲猴，   掛目鏡     革緣投，

      C                              C    G              
   5 3 3  3 6 5 | 3 5  6 5  — | 3 3 2 2 3 | 5 6  6 5  — — |
   嬉弄樹腳的 白花 狗，   金絲猴尚愛車糞斗，

      C            G                            Am                    Am
   0 3  3 2 2 1  2 1 6 | 1  6 6  — 0 | 6 5 5 3 |
   金絲猴 尚愛車 糞斗        。    樹腳彼隻

      G          Am                      C              Am
   1 2 3 2  — | 6 5 5 6 6 | 6 5  — — — | 6 6 5 0  5 3 5 |
   白花(仔)狗， 氣 甲汪汪 吼，     阮小弟 驚一下

      C                    Am          Am              Am
   3 1 3  — | 6 5 5 6 0 5 6 5 | 5 6 1  1 6  — — — :‖
   大聲哭，   哭 聲驚走       猴佮狗 。
```

29

　　台語的音常常是發音相同，只是高低不同，字意完全不同，比如說：「笑、嬲、照、尺」或「猴、狗、溝、到」因此必須去仔細去分辨八音「君、滾、郡、滑、群、滾、棍、滑」，是初學者必須注意研究的。

　　此曲〈猴佮狗〉；「猴、狗」與「佮、咬」高低音有別，這是台語文練習的好題材。歌詞中以「金絲猴」對比「白花狗」，一隻在樹上，一隻在樹下，而金絲猴喜歡打扮成美麗的模樣，那隻白花狗喜歡翻筋斗。

　　調皮的猴子又喜歡作弄那隻白花狗，使這隻狗氣得汪汪大叫，竟然嚇到了小弟弟，而被狗嚇到的弟弟哭得好大聲，竟也嚇走猴子與小狗。這是一首充滿趣味的兒歌。

　　本曲為輕鬆的小快板，可分為A、B兩段。為營造俏皮活潑的氣氛，樂曲之動機以七度音程上行大跳揭開序幕。A段之始，七度大跳的高音帶動著「樹頂」的「頂」字，像是引領我們在樹頂上看的感覺；隨之而來的樂句，鋪陳出金絲猴的位置及調皮搗蛋的個性。B段開始之「樹下」的「下」字，其字義雖與上跳的音行方向不符，卻恰巧合乎台語字的音韻；尾隨其後的是以音符和節奏，戲劇性地演出樹下的景況和故事的結局。

猴佮狗

康 原 詞
曾慧青 曲

樹 頂 一 隻 金 絲 猴，掛 目 鏡 革 緣 投，

嬉 弄 樹 腳 的 白 花 狗，金 絲 猴 尚 愛 車 糞 斗，

金 絲 猴 尚 愛 車 糞 斗 。 樹 腳 彼 隻

白 花(仔)狗，氣 甲 汪 汪 吼 。 阮 小 弟 驚 一 下

大 聲 哭，哭 聲 驚 走 猴 佮 狗。

拍干樂

干樂　干樂愛迌迌

廟埕黑白趖

干樂尚愛膨風

恬大埕旋玲瓏

一支腳閣眞勢走

無生喙閣大聲吼

〔註釋〕
❶ 干樂：陀螺。
❷ 迌迌：玩耍。
❸ 黑白趖：亂跑之意。
❹ 愛膨風：吹噓說大話。
❺ 恬大埕：在大廣場。
❻ 旋玲瓏：兜圈子。
❼ 勢：賢能。
❽ 無生喙：沒有生嘴巴。

拍干樂

2/4

C
‖: 3 5 0 | 3 5 0 | (C) 3 5 0 6 6 | (C6) (C) 5 — |
干樂， 干樂， 干樂愛迌 迌，

G　　　　　C
2 2 3 | 5 3 5 | (G) 2 2 3 1 6 | (C) 1 — |
廟埕 黑白趖， 廟埕黑白 趖。

C
3 5 0 | 3 5 0 | (C) (C6) 3 5 6 i 6 | (C) i — |
干樂， 干樂， 干樂愛膨 風，

C　　　　　　G　C
i. 2 6 i | 5 6 i | (F) (G) 1 6 5 6 5 6 | (C) i — |
惦 大埕 旋玲瓏， 惦 大埕 旋玲 瓏。

Am
3 5 6. 6 | 6 6 i 6 | (G) 2 2 1. 2 | (C) 1 2 3 |
一支腳閣 眞勢走， 沒生喙閣 大聲吼

Am　　　　　G　C
5 6 i. i | 2 2 3 i | (F) 2 2 1. 6 | (G) (C) 5 6 1 :‖
一支腳閣 眞勢走， 沒生喙閣 大聲吼！

33

「拍干樂」就是「打陀螺」之意。這首歌描寫玩陀螺的情形，把陀螺說成愛玩的小孩，每天在廟口的廣場上撞來撞去，陀螺又喜歡表現，所以旋來轉去，有時還會吼叫著，台灣有個謎題「無腳會走，無嘴會吼」就是指「陀螺」。

　農業社會小孩子要打陀螺，就必須去砍木材來削，木材的好壞是以「一樟、二芎、三蒲姜、四苦苓、芭樂柴無路用」來說明製造陀螺的木材好壞，還有一句「樟勢吼、芎勢走…」說會出聲的材料。

　為表現快樂活潑的氣氛，本曲以四分之二拍快板呈現。樂句之音型多為配合童詩的動態，例如：開頭「干樂，干樂愛迌迌，廟埕黑白趖」的曲調較為持平，是以陳述的語氣介紹陀螺。到後來「干樂尚愛膨風」時曲調上揚，以漸強上揚的曲調誇飾「愛膨風」（愛吹牛）的膨脹效應，隨著重複和迴旋的音型，描寫出干樂轉呀轉、轉不停的趣感。

拍 干 樂

康 原 詞
曾慧青 曲

Allegro con brio

干 樂 ， 干 樂 ， 干 樂 愛 迵 迌 。

廟 埕 黑 白 趖 ， 廟 埕 黑 白 趖 。 干 樂 ，

干 樂 ， 干 樂 愛 膨 風 ， 恬 大 埕 旋 玲 瓏 ，

恬 大 埕 旋 玲 瓏 。 一 支 腳 閣 眞 勢 走 ， 無 生 喙 閣

大 聲 吼 ， 一 支 腳 閣 眞 勢 走 ， 無 生 喙 閣 大 聲 吼 ！

菜籽花

菜籽花　有夠濟

種恬　阮的田底

發恬　阮的土地

阮的祖先勢耕地

菜籽花　黃黃黃

親晟朋友蹛歸庄

阿公透早巡田園

囡仔相招廟埕耍

菜籽花　花花花

阮老爸　勢駛犁

牛車牽過溪

溪南　溪北　嘛是一片

菜籽花

〔註釋〕

❶ 濟：多。

❷ 勢：賢能。

❸ 蹛歸庄：住在一個村庄。

菜籽花

小行板

Am		Em	Am	G
6 5 6 6 6 0		3 6 5 5 0	6 5 3 6 5 3	2 1 2

菜 籽(啊) 花　　有 夠 濟　種 恬 阮 的 田 底

C	Am G	F	G C
5. 3 2 1	6 1 6 5	1. 6 5 5 3	2 2 1 0

發 恬 阮 的　　土 地　　阮 的 祖 先　勢 耕 地。

Am	Em	Am	Em Am
6 5 6 6 6 0	5 6 5 3 5 0	5 5 5 6. 3	3 2 2 3

菜 籽(啊) 花，　黃 黃 黃，　親 晟 朋 友　蹛 歸 庄。

G	Am G	F G	C
2 3 3 2 3 2	1 2 3 2. 6	1 1 6 2 3	5 6 1

阿 公 透　　早 巡 田 園(啊)，囡 仔 相 招　廟 埕 耍。

Am	Em	Am	C G
6 5 6 6 6 0	5 6 5 6 0	6. 3 5 6	1 2 3 2

菜 籽(啊) 花，　花 花 花！　阮 老 爸(啊)　勢 駛 犁，

	Am	Em	F G	C
2 3 3 2 2 3	0 3 2 3 5 5 0	1 1 6 5 5	5 6 1 1 1 0

牛 車 牽　　過 溪，　溪 南 溪 北，　嘛 是(啊) 一 片 菜 籽(啊) 花！

37

　　在台灣的田野中，有一種「油麻菜籽花」，開花時黃遍田野，是一種美麗的田野風光；這種間作性作物是當做一種肥料來滋養大地，它同時也象徵著台灣女人的命運。

　　這是一首描寫鄉間生活的歌謠，除了田野景色的書寫外，記錄台灣農民的辛勤耕地，祖先一代一代的傳承下去，還能看到小孩子在廟埕上玩的情形，從祖父寫到孫子，農家的生活情形在歌謠裡都細訴到了。

　　農業時代村落的形成，常常是一些親戚朋友住在一起，尤其是同姓聚落，所有會有「曾厝、施厝寮、何厝、許厝埔……」等以姓氏為名的村莊。

　　本曲為風格淳樸的鄉間小調，令人彷若置身於鄉間的油菜花田之中，輕鬆隨意哼唱的小曲。曲中有幾處以音符表現口語的特點，例如第一段的「土地」的「土」字，佔前後一拍的長度，這突顯的長度正強調著農村對大地之母的感念。第二段到了「阿公透早巡田園」時，用切分重音強調「透」字，特別形容老人家一大早即開始為家園的辛勤付出。第三段則在「溪南」、「溪北」之處用了音符的高低象徵方位—南低北高。

菜籽花

康　原　詞
曾慧青　曲

菜　籽(啊)花，　有夠　濟！　種恬阮　的　田　　底，

發　恬阮　的　土　　　地，阮　的　祖　先　勢耕地。

菜　籽(啊)花，　黃　黃黃　！　親晟朋友　　蹛　歸庄，

阿公透　　早　巡　田　園(啊)　因仔　相招　廟埕　耍。

菜　籽(啊)花，　花　花花　！　阮老爸(啊)　勢　駛犁，

牛車牽　　過溪，　溪南　溪北　　嘛是(啊)一　片　菜　籽(啊)花！

蕹 菜

蕹菜好食是空心

結頭菜生媠圓輪輪

田庄姑娘

有情有義　又閣

好笑神

菜園種甲青綠綠

田庄兄哥尚有情

溪埔　拍拼耕

青菜　骨力種

金銀財寶歸厝間

〔註釋〕

❶ 媠：美麗的。

❷ 圓輪輪：圓形的。

❸ 拍拼、骨力：這兩句詞都表示努力之意。

蘿菜

抒情優美地　6/8

```
 Am          Bb        Am              C            B6            Am          Em7
2. 1 6  5 3 | 2. 1 2  3. 3 | 5 5 6 3  5. 6 6 5 | 2. 3 5 3  2 2 |
蘿  菜 好 食 是  空  心 ，  結 頭 菜  生 婿  圓  輪 輪 。

 F    G        C        Am            Bb       Am          G7        C
2 3  2. 1 1 2 | 3 5 6  5. 3 3 5 | 6  5 6  3 5 2 3 | 3 3 2  6 1 1 |
田 庄 姑  娘 ， 田 庄  姑  娘 ， 有  情 有 義 又 閣  好 笑  神 。

 C                    F    C      Am   F        Dm         Em
3 2 3  5. 3 5 | 6  1 6  6 5 5 | 6 1  1 2 | 6 1. 3  3 5 5 |
菜 園 種  甲 青 綠  綠 ， 田 庄  兄 哥  尚 有  情 。

 G    C          Bb    Am        F              Em7          Am
2 3 5 5 3 5 | 2 1 2 6 6 | 1. 6 1 2 3  5 1 5 | 6 6 6 6 :‖
溪 埔 拍 拼 耕  青 菜 骨 力 種 ， 金 銀  財 寶 歸 厝     間 。
```

41

　　「蕹菜」其莖爲中空的，因此又稱「空心菜」，是一種生長力很強的蔬菜。這種菜除了種在土地上，還會長在水中，俗稱「水蕹菜」。

　　「結頭菜」是圓形莖球狀，一般稱「大頭菜」，有人說：「甘藍」，用圓來形容美。運用兩種菜的不同屬性展開歌謠，其後接著寫村莊的男女青年，女孩是有情有義又笑眼常開；而青年也是富有感情，又努力躬耕，因此才有好的收成，以「金銀財寶歸厝間」做爲結束。

　　本曲以小行板及八分之六拍的節奏，抒情地詮釋男女間的浪漫情懷；在曲A、B兩段中，A段文字多在形容女子的靈巧與柔美，音樂則以悠轉的旋律，環環相連地呈現。B段藉由拋物線式的旋律，來唱出男子爲家園努力的成果，放眼望去，一片豐碩的青綠；隨後在「溪埔拍拼耕，青菜骨力種」時，用無附點的正拍節奏，嚴肅的道出男子工作的辛苦。最末「金銀財寶歸厝間」以上揚的樂曲線條，刻畫出曲中人物的希望。

蕹 菜

康 原 詞
曾慧青 曲

Andantino

dolce

蕹 菜好食是 空心，結頭菜生 媠圓 輪輪。

田庄姑 娘，田 庄姑 娘，有情有義又閣好笑 神。

菜園種甲青 綠綠，田庄兄哥 尚 有情。

溪埔拍拚耕，青菜骨力種，金 銀財寶歸厝 間。

種菜的阿嬤

來　來　來

緊來　趕緊來

鬥陣來阮的菜園內

阮的　阿嬤勢種菜

看　看　看

緊來　緊來看

菜園內的高麗菜

疊甲一堆親像山

無人買　囥咧爛

阿嬤真拍拼

透中晝日頭腳

曝菜乾　曝甲

大粒汗　細粒汗

〔註釋〕
❶ 鬥陣：共同在一起。
❷ 勢：賢能、很會。
❸ 囥咧爛：放著腐爛掉。
❹ 拍拼：努力。
❺ 透中晝：在中午的時候。
❻ 曝：晒。

44

種菜的阿嬤

中板 4/4

Am
2̂3 3̂3 3̂0 | 5̂3 0 5 5 3̂3 0 | 5 3 2 2 3 5̂3 5 1 6 |
來 來 來！　　 緊 來，趕 緊 來！ 鬥 陣 來 阮 的 菜　圍(啊) 內，

Am　　G　　Am

F　　　　　　　　Em　　Dm7　Em　　　Am　　F　　　　　　Em
6̂6 5̂6 5̂3 5̂3 3.5 | 3̂.3 2̂3 2 1̂2 1 6 | 6̂.6 6 7 1 2 1 7 1 2 |
阮 的 阿 嬤　勞 種 菜 ， 阮 的 阿 嬤　勞 種 菜。

F　　G　　C　　　　　　　C
3̂.3 2̂3 2 1 2̂2 1 1 | 1 1 1 0 | 3 1̂2 0 3 2 1 1 0 |
看 看 看！ 緊 來， 緊 來 看 ！

C　　Em　Am　　　　F　　Em　Am　F　　G　　C
3̂.2 2̂3 2.3 1 6̂.6 1 | 2.2 2 3 5 3 6.5 | 3̂.3 5̂3 2 1 2 1 1 |
菜 園(啊) 內 的 高 麗 菜 疊 甲 一 堆 親 像 山 ， 無 人 買　 囥 咧 爛。

Am
‖: 3̂6 5 3̂5 3 6̂1 6 | 6̂5 5 3.5 6̂6 1 2 |
阿 嬤 阿 嬤　真 拍 拼 ， 透 中 晝　 日 頭　 腳，

G

G　　　　　　Am　　　　　　Em　　　　　　　Am
2̂5 3 5̂2 3 6.6 1 3 3̂6 1 | 2.2 2 2 3 2 5.5 6 0 :‖
曝 菜 乾 曝 甲 大 粒 汗(閣) 細 粒 汗 滴 滴 答 答 滴 滴 答 答 。

　　這首歌是描寫鄉村農婦種菜的情形。

歌詞分成三個段落，第一、二段的開頭用「來來來／看看看」的呼喊
方式，有一種民間賣藝者的口號感覺，希望能招攬一些人來看阿嬤種
菜，進而了解收成起來的菜，賣不出去而堆積如山的可憐狀況。

　　農村在生產過剩之時，常常血本無歸，一些菜收成還不足成本，只
好把菜犁覆田中，當為有機肥料。若已採收完畢，農婦們會把青菜醃
漬起來，或晒成菜乾以便儲存，在烈日下晒菜乾是一種辛苦的工作，
往往會汗流浹背。

　　此曲可分成AA'B三段，中板流暢的速度。A段開頭「來！來！
來！」由四分音符表現招呼的語氣；接著在「緊來」這句用了兩個八
分音，馬上又再用兩個十六分音在「趕緊」之處，顯得越來越急切的
樣子。接下來「鬥陣來阮的菜園內」則以流動的節奏和拋物線式的旋
律呈現，好似帶著我們進入了一個豐富菜園的感覺。A'段在音樂上的
表方式與A段相同。

　　B段的旋律輕快，跳動的八分音符刻畫著「阿嬤」的辛勞；甚至在
最末一連串十六分音符跳音來表現「大粒汗，小粒汗」，使汗流不停
的情狀，歷歷在目，汗水滴落的聲響，彷若在耳際。

種菜的阿嬤

康　原　詞
曾慧青　曲

來來來！　緊來　趕緊來！　鬥陣來阮的　菜園(啊)內，

阮的阿　嬤勢　種菜，　阮的阿　嬤勢　種菜。

看看看！　緊來　緊來看！　菜　園(啊)內的高麗菜

疊甲一堆親像山，　無人買　囥　咧爛。

阿　嬤阿　嬤真拍拼　透中晝　日頭　腳，

曝菜　乾曝甲大粒汗閣細粒汗，滴滴答答滴滴答答。

爬山崎

騎鐵馬爬山崎

流汗滲滴

狗兄走第一

小弟眞歡喜

阮用氣力轆落去

點點滴滴的親情

心甘情願尚歡喜

〔註釋〕

❶ 爬山崎：爬山坡。
❷ 鐵馬：腳踏車。
❸ 流汗滲滴：汗流浹背。
❹ 氣力：力氣。
❺ 轆落去：踩下去。

爬山崎

2/4

	Am									Dm	F			E7	
6 1	<u>1</u> 6	5 <u>3 3</u>	3	3 —	2 2	<u>3 6</u>	<u>6 3</u> 3

6 1　　<u>1</u> 6 | 5 <u>3 3</u>　3 | 3 　— | 2 2　<u>3 6</u> | <u>6 3</u> 3 |
騎 鐵　馬　　爬　山　崎　　　流 汗　滲 滴　　　。

1 1 | 1 3 <u>6</u> | 2 1 2 1 2 | ³2 — | 3 6 <u>3</u> 2 |
狗 兄　　走 第 一　小弟(啊)真 歡　喜，　阮 用 氣力

3. 3　3 6 | <u>1. 6</u> 6 6 | 6 — | 1 1　<u>1</u> 6 6 | 5 7 6 |
輾 落 去(啊)輾　落 去 。　　點 點　滴 滴　的 親 情，

2. 2　6 1 | 2 2　³2 | 3 6 <u>3</u> 2 | 3. 3　3 6 | <u>1. 6</u> 6 6 | 6 — ‖
心 甘 情 願　尚 歡　喜，阮 用 氣力　輾 落 去(啊)輾　落　去。

　　過去的農業社會裡，小孩學騎腳踏車，常與自己的兄弟姊妹輪流騎，有時候小狗也會跑在一起，忽前忽後的繞著這些騎車的小孩跑著。

　　雕塑家余燈銓曾經做了一組騎腳踏車爬坡的作品，這組作品騎車的小孩相當邁力的踏著，前面有一隻狗跑在先，一位小弟弟跟在後面跑，看了這組作品後，我寫下這首歌謠。

　　本曲以山歌式的開頭，宏亮高亢地唱出「騎鐵馬、爬山崎」的意象。在曲中「流汗滲滴」之處，曲調先以下落的五度音程，再緊連著下四度音，用音符演出了汗水直流的情景。在曲中「轆落去」時，則藉由高低八度音的落差和附點八分音符的節奏，來形容用力踩腳踏車踏板爬山坡的狀況；其後在「點點滴滴的親情，心甘情願上歡喜」處，則以對比性的八分音符小音程的跳音樂句，欣然地跳出心中的喜悅和愛。

爬 山 崎

康　原　詞
曾慧青　曲

騎鐵馬 爬 山 崎 ， 流汗滲滴 。

狗 兄 走第一，小弟(啊)真歡 喜 ， 阮用氣力

轆落去(啊)轆 落 去 。 點點滴滴的 親情，

心甘情願 尚歡喜。阮用氣力 轆落去(啊)轆 落 去 。

耕田園

天袂光，緊起床
毋驚田水冷霜霜
點一支　新樂園
透早走入田中央
爲著顧三頓

水牛兄，喝歹命
透風落雨嘛愛行
做牛拖，做人磨
駛田實在無快活
爲後代，拼袂煞

〔註釋〕

❶ 毋驚：不怕。
❷ 新樂園：戰後的一種香煙品牌。
❸ 田中央：田園中。
❹ 顧三頓：照顧三餐。
❺ 喝：喊。
❻ 透風：刮風。
❼ 袂煞：不能停止。

耕田園

進行曲　2/4

```
 Am            Em        Am       G              Em              Am        Dm
 6 3 6  | 1 1   6  | 3.5 6 1  | 2 1 6 5   6 0  | 6.3  5.6 |
 天狹光， 緊起床 毋驚田水 冷霜霜！ 點一支

 Am                 G                          Em      Am       C              G
 3 2 3  | 5 5 3  2 1 2  | 3 5 6  | 5.3 1.5 6  | 5 —  |
 新樂園， 透早 走 入 田中央， 爲著顧三 頓。

 Am            Dm       Am  F              C        G        C       Am
 6 5 6 6  | 1 6 1  6  | 6 5 6 6  3 5  | 2 5 3  3  | 6 5 3 5  6.6 |
 水牛(仔)兄 喝歹命， 透風(閣)落雨 嘛愛行， 做牛 拖(閣)

 Dm               F                Em      Am   Em  Dm           Am
 6 5 3  2  | 3 2 1  6 1  | 5 1 6  6  | 3 3  5.6 | 1 6 5 6  | 6 0  ‖
 做人磨， 駛田 實在 無快活， 爲後代 拼歹煞！
```

53

台灣農民是辛勤耕種的一群，不怕天寒地凍，在太陽未升起時就出門了，只要求能夠過著簡易的生活而已，抽香煙也只抽廉價的「新樂園」牌，沒有太多奢求，生活能溫飽就心滿意足了。

　　以水牛忍辱負重來比喻台灣人的精神，在第二段歌詞中運用台諺「做牛拖、做人磨」說明台灣人的宿命觀點，最後一句「爲後代拼袂煞」說明努力工作只期待延綿後代子孫，台灣農民常以「蕃薯毋驚落土爛，期待子孫代代湠」來期許。

　　本曲以中速進行，曲風簡樸，直捷、精神抖擻地表現著農家爲了生活和下一代努力奮鬥的感動。進行曲有力的節奏，就如同他們堅毅不拔、不謂苦，一步一步地向人生的希望邁進。

耕田園

康 原 詞
曾慧青 曲

天袂光，緊起床，毋驚田水冷霜霜，

點一支　新樂園，透早　走　入田中央，

爲著顧三頓　。　　　水牛(仔)兄，喝歹命，

透風(閣)落雨嘛愛行，做牛拖(閣)做人磨，

駛田實在無快活，爲後代　拼袂煞　　！

同窗

同窗親像親兄弟

做陣藏水沕

有時嘛會相創治

枝仔冰 歸陣吸一支

人講：拍虎著親兄弟

相招偷掘甘薯

有時去偷釣魚

嘛有時鬥陣唸歌詩

〔註釋〕
❶ 藏水沕：潛水。
❷ 相創治：相互作弄。
❸ 枝仔冰：冰棒。
❹ 鬥陣：共同在一起。

同窗

行板 2/4

```
      C                    C            F/C                              Dm/C
||: 5. 6 53 | 5 5  5.3 | 3 2 2  3 3 2 | 2  —  | 6. 1  6  1 |
    同窗親像    親兄弟 ，  做 陣 藏 水  宓 ，   有 時 嘛 會
```

```
                    C              Am    G7    C          G7
| 2  3 2  2 0 | 3 5 5  5 0 | 2. 2  3 6 | 1  —  || 3 5 6 5 5 ||
  相  創  治 ，  枝仔冰      歸 陣 吸一 支。      人 講：
```

```
    C                    F/C                            Dm/C
| 6 5 5.3 | 5 5  5.3 | 2 3 2  6 1 | 2  —  | 6  6 1. 3 |
  拍 虎著  親兄弟    相招偷掘甘   著，     有  時 去
```

```
              G             Em        Am
| 2 3 2  2 | 2. 2  2 3 | 5. 3  3 5 | 6  —  | 6  0 :||
  偷 釣 魚，嘛 有 時   鬥 陣 唸歌  詩。
```

　台語的「同窗」就是「同學」的意思。

人的一生就學過程中，有國小時期、國中時期、高中時期、大學時期……等，每一個時期都會有不相同的同學，常聽說：「國小的同學，從小在一起，一做就是六年，建立起的情誼最深，就如親兄弟的情感。」

　這些小學同學，在一起潛水（藏水宓）、掘甘薯、偷釣魚，有時候幾個人共同吃冰淇淋，彼此開些玩笑，大家的感情相當濃密，像親兄弟；任何好壞事都共同為之，所以台語有句諺語說：「拍虎著親兄弟。」有同甘共苦的意涵，也有人用「穿同領褲仔」來形容生死與共。描寫同學的情誼。

　本曲為中板，其輕鬆自在的旋律，正如年少時的同學們一塊閒話兒時相處的歡樂時光。曲中「人講」是語氣轉折處，延長記號的使用為旋律口語化的停頓之自然安排，吸引聽者的注意。

同　窗

康原詞
曾慧青曲

同窗親像　親兄弟，做　陣藏水　宓，

有時嘛會　相　創治，枝仔冰　歸陣吸一　支。

人　講：　拍　虎著親兄弟　相招偷掘甘　薯，

有　時去偷釣魚，嘛有時　鬥陣唸歌　詩。

黃昏的野鳥

流浪的白雲

飛過田園

爬過山崙

親像叫阮趕緊返

黃昏的野鳥

一陣閣一陣

一庄飛過一庄

兄妹相炁入家門

〔註釋〕
❶ 山崙：山丘。
❷ 一陣陣：一群群。
❸ 相炁：相互攜手。

黃昏的野鳥

行板　3/4

流浪的白雲，飛　　過田園，

爬　過山崙，親　像叫阮趕緊　返。　黃昏的

野鳥　，一　陣閣一陣　一庄飛　過一庄

飛　過一庄　兄妹(啊)相焉入　家門。

故鄉漢寶村是一個溪埔地形成的村莊，地廣人稀聚集了許多野鳥來覓食，這個村莊被稱為野鳥的故鄉。小時候每當黃昏來臨時，就有一群群白鷺鷥歸巢，這個時候總是在放學的路上，有時正趕牛出去吃草，坐在草坪上，望著一朵朵白雲，數著一隻隻飛鳥。

　　以白雲暗喻流浪在外的孩子，在黃昏的時刻有「浮雲遊子意，落日故園情」意境，所以說有：「親像叫阮趕緊返」的感覺。看著野鳥一群群的歸巢，想著野鳥是一個村莊飛過另一個村莊，此時兄與妹相攜手回家了。

　　本曲將平順抒情的旋律繫於白雲之上，讓白雲承載著家鄉的思念，千里迢迢地傳給了流浪的人。為了呈現飛越時空的感覺，本曲用了幾個長音和連音，來表現「飛過」和「爬過」的詞意。聽似舒緩柔情，卻在字詞與樂句的融合下，動態萬千。由「黃昏的野鳥」這句展開流浪者回鄉的旅途；從「一陣過一陣」起，我們的思緒乘著音符的翅膀，逐漸攀高，似鳥兒般地在空中飛翔，終至飛到旅程的終點──家。

黃昏的野鳥

康 原 詞
曾慧青 曲

流　　浪的白　雲，飛　過田　園，

爬　過山崙，親　像叫阮趕緊　返。　黃昏的

野鳥　，一　陣閣一　陣一庄飛　過一庄

飛　過一庄兄妹(啊)相焉入　家門。

涼水的歌

水　　軟軟嫷

汲一嘴　淡薄仔醉

飲涼水　心頭開

耍山水　無是非

飲一罐涼水

袂肥閣會嫷

山靜靜　天清清

水涼涼　心靈靈

〔註釋〕 ❶ 嫷：美麗的。
　　　　 ❷ 袂：不會之意。

涼水的歌

自由的中板，變換拍號

　　「台灣民俗村」有一年夏天，要辦理有「涼水節」的消暑活動，執行長要我寫有關水的廣告詞，做為宣傳之用，於是我動手寫這首兒歌。

　　夏天到了不管是稱「汽水」的涼水；或是山澗的泉水、河中的清水，對小孩都是一種誘惑，於是我將水的屬性「軟軟的、涼涼的」寫入歌中。

　　「飲一罐涼水，袂肥閣會媠」是一句變異的俗語，做為廣告詞；而「山靜、天清、水涼、心靈」是歌詞中意象的營造，使喝涼水的人，感受到內心與外境的清涼合一，增加水的魅力。

　　全曲可分為ABC三段。A段以自由的速度，抒情感性地表現水的輕軟與無形；B段則以四分之二拍小快板進行，描述水帶給我們的喜諧感和遊山玩水的樂趣；C段則以小行板平順流暢的節奏，帶我們悠然旋繞於「山靜、天清、水涼、心靈」的天地。

涼水的歌

康 原 詞
曾慧青 曲

水　　　軟軟(啊)　婿，　汲一嘴(啊)

淡薄仔醉。飲涼水　心頭開(啊)　心頭開！

耍山水，無是非，　飲一罐涼水，　袂肥閣會　婿！

山　靜靜，天　清清，　水涼涼　心靈靈，

山　靜靜，天　清清，水涼涼　，心靈靈。

日月潭的情歌

日頭的光，月娘的情

浮惦日月潭的面頂

山清水明，日月潭好光景

駛船入潭心肝清

南投鄉親尚熱情

白白的雲，青青的樹

鳥隻飛過山尾溜

日月潭的姑娘尚溫柔

櫻桃嘴，笑微微

潭水目，金熠熠

春天的時，樹仔葉青

秋天的時，月娘尚圓

阮定定來日月潭邊

唱出美麗的歌詩

姑娘 姑娘阮甲意汝

〔註釋〕

❶ 好光景：好風景。
❷ 駛船：開船。
❸ 山尾溜：山崗上。
❹ 尚：最。

❺ 金熠熠：金光閃閃。
❻ 定定：時常之意。
❼ 甲意汝：喜歡妳。

日月潭的情歌

　　這首情歌以日喻男人，以月比月亮，所以說「日頭的光、月娘的情」投在日月潭的上空，比喻男女一起進入日月潭。而寫景的「山清水明」是兩相情悅，所以共乘船進入潭。

　　以「白雲、綠樹、鳥飛」襯托出日月潭風景的優美，然後描寫女孩的美：櫻桃的嘴微笑著、水汪汪的眼。而到了中秋節是月上柳梢頭的約會季節，男女青年到潭邊共譜戀愛的曲子，而彼此唱出愛戀的歌詩。

　　本曲採用八分之六拍船歌的節奏，來勾畫出日月潭的浪漫風情；為A-A'-B-A曲式。A段開始即以抒情的旋律描述日月潭的風土人文；A'與前A段的樂曲動機和架構基本上相同，唯接近段尾，在「櫻桃嘴，笑微微，潭水目，金熠熠」之處，採用跳動的旋律及節奏，以表現明亮的美少女，其嬌俏的笑容與閃爍的眼神，令我們如觸碰春水般地激起心中的漣漪。在B段中，本曲採用大、小三和弦的和聲效果來詮釋季節變換的景象；陽光的大三

和絃說明了春景的欣欣向榮，而暗沉的小三和弦正形容秋景的蕭瑟；B段後半則以緊湊的節奏與走勢向上的旋律，來表現心中對於愛的嚮往和悸動。最終全曲又回到A段，重新回味日月潭的浪漫。

日月潭的情歌

康原 詞
曾慧青 曲

日頭的光　，月娘　的情，浮惦日月潭的面頂。

山清水明　日月潭好光景，駛　船　入潭

心　肝清　，南投(的)鄉親　尚熱情　。

白白的雲，青青　的樹，鳥隻飛過山尾溜，

潭邊姑娘　尚溫　柔，櫻桃(啊)嘴笑微　微，

潭水目金熠　熠　。　春天的時，

72

樹仔　葉青；秋天的時，月娘　尚圓。

阮　定定來潭邊　唱出美麗的歌詩，姑　娘　啊姑娘阮甲意

汝。　日頭的光，月娘　的情，

浮　惦日月潭　的面頂。　山清水明

日月潭　好光景，駛　船入潭心肝清

，南投(的)鄉親，　尚熱情。

南投(的)鄉親　尚熱情　　。

海洋的歌

阮兜有一塊地

闊茫茫

一代傳過一代

這塊地，淹鹹水

種竹箍，出蚵穗

用紅血白汗來掖肥

〔註釋〕
❶ 阮兜：我的家。
❷ 闊茫茫：廣闊的。
❸ 竹箍：插在海中的蚵柱。
❹ 蚵：俗名「蠔」，學名「牡蠣」。

海洋的歌

中板　2/4

```
      Am              Em        Am    Dm                        B7
‖: 6  6.3 | 3  6 5  5 | 1 6 1  6 | 6  3 2 3 | 2 — | 2 — |
   阮  兜有  一  塊  地，闊  茫  茫  ， 闊  茫  茫       ，
```

```
      Am              G         Am         F              E6  E
| 1 2 2 2 | 2.5 | 6 — :‖ 1 2 2 1 | 1 7 ‖: 6 6 5 5 | 6 6 1 6 |
   一  代  傳  過一  代 。              這塊  地  淹鹹水，
```

```
     C              G          Em         F            G              Am
| 3 2 3 3 3 | 3 1 2 2 | 2  2 | 2 2 2 3 | 1 2 2 3 5 | 1 6 6  6 — :‖
   種  竹 箍 出蚵  穗， 用  紅血 佮  白汗  來    披  肥 。
```

75

　　出生彰化縣濱海漢寶漁村的我，對寬闊的海洋充滿的親切的幻想與嚮往，小時候與雙親下海採蚵抓蟯螺，淺灘是插竹式的蚵田，所以說是：「種竹籬，出蠔穗」。

　　把海洋想成我家的土地，用「阮兜有一塊地，闊茫茫」，而是祖傳下來的，一代傳過一代。

　　以種田插蚵維持我家的生計，下海的採蚵工作是辛苦的，常常會因為採蚵時被蠔殼割破手腳，而夏天入海工作是汗流浹背，因此以「用紅血佮白汗來披肥」，表達了討海工作不是輕鬆的事。

　　本曲前段以長音和重複句表現讚嘆的口吻，唱出「阮兜有一塊地，闊茫茫」以及「一代傳過一代」的感動。後段則以切分音來詮釋歷代的人，在薪水相傳的土地上，付出血汗辛勤耕耘的景象。

海洋的歌

康原 詞
曾慧青 曲

阮 兜 有 一 塊 地 ， 闊 茫 茫 ， 闊 茫

茫 　 ， 一 代 傳 過 一 代 　 。

這 塊 地 淹 鹹 水 　 種 竹 箍 出 蚵 穗 ，

用 　 紅 血 佮 白 汗 來 披 肥 　 。

77

闊茫茫的海

海鳥一隻一隻飛過來

烏雲一蕊一蕊飛過西

春天

潮水滿滿海平平

海佮天親像是雙生

熱天

星一粒一粒閃閃爍

海底有人咧掠魚

〔註釋〕 | ❶ 一蕊：一朵。
❷ 咧掠魚：在捉魚。

闊茫茫的海

中板　3/4

C
6 ⌒6 5 5 — | 5 — — | 3 6 5 3 5 3 5 6 5 | ²3 — — | 3 — — |
海鳥　　　　　　一隻　一隻　飛過　來，

拍手：×××

C　　　　　　　　　　　　　　　　　Em　　　Am
5 ²3 3 — | 3 — — | 3 6 5 3 5 3 5 6 5 | 6 — — | 6 — — |
鳥雲　　　　　　一蕊　一蕊　飛過　西。

Em　　　　　　　　　　　　　　　　Am　　　　　Em
6 1 1 — | 1 — — | 6 1 6 1 1 6 1 6 5 | ³5 — — | 6 5 6 6 5 3 3 5 |
春天　　　　　潮水　滿滿　海平　平，　　海　佮天　親像是雙

Am　　　　　　Am　　　　　　　　　C　　　　　G
6 — — | 6 — — | 3 6 6 — | 6 — — | 1 3 3 3 5 6 6 | 5 — — |
生。　　　　　熱天　　　　　　星一粒　一粒　閃閃　爍，

　　　　　　　　　C　　　　　　　G　　　　Em　　　　Am
6 6 5 3 3 5 3 6 | 1 — — | 1 — — ‖ 6 6 5 3 3 5 3 5 | 6 — — | 6 — — ‖
海底　有人　咧掠魚。　　　　　　海底　有人　咧掠魚。

79

　　當我們進入海洋，遠遠的眺望過去，海天交接之處成為一線，這個時候天空上，假如有一群飛翔的海鳥慢慢掠過空中，一朵朵飄逸的白雲，追隨著野鳥的腳步，會構成一種美麗的景象。

　　春天，風平浪靜之時，海水滿潮之際，陽光投射在海面上，一定能看到波光在水面上盪漾著。海與天看起來好像是「一體兩面」的情景，所以說：「海佮天親像是雙生。」

　　夏天的夜晚，天上群星閃爍，而漁民在海中捕魚，天上的星光與海中的漁火，形成美麗的夜空，在故鄉有「王功漁火」的美麗景點。

　　這是一首粗獷豪放的討海人之歌。本曲中的長音，似乎是對「海鳥」、「烏雲」、「春天」、「熱天」的呼喊，喊出討海人對大自然和生活之敬畏及仰賴的心情。

閣茫茫的海

康 原 詞
曾慧青 曲

海鳥　　　　一隻一隻飛過　來　　　，

烏雲　　　　一蕊一蕊飛過西　　　。

春天　　　潮水滿滿海平　平，　海　佮天親像是雙

生　。　　　　熱天　　　　星一粒一粒閃閃　爍，

1. 海底有人咧掠魚　　　。

2. 海底有人咧掠魚　　　。

81

富貴的兄弟

彼一年，阿母生後生

族親攏嘛眞歡喜

富仔是好名字

阮兜飼大豬　賺大錢

閣一年，貴仔來出世

眞福氣　紅瓦厝五間起

富仔貴仔　是阮小弟

平平安安過日子

富貴的兄弟

爵士 ♩ = ♪♩

Am
1 5 6̇ 6̇ 1 3̇ 2 | 1 6̇ 6̇ 3̇ 3 0 |
彼 一 年 ， 阿 母 生 後 生 ，

Dm
2 2 2̇ 2 3 6 |
族 親 (啊) 攏 嘛 真 歡 喜 ，

F   E
2 2 3̇ 3 0 |

Am
6̇ 6̇ 6̇ 6.̇ 6̇ | 3 1 2̇ 2 1 |
富 仔 富 仔 是 好 名 字 ，

C   G
5 5 2 2 5 |

Em
阮 兜

Em   Am
1̇ 6̇ 5 6̇ 6 0 |
飼 大 豬 賺 大 錢 ！

Am
6 3 5 3 3 |
閣 一 年 貴 仔

F
5 6 3̇ 3 0 |
來 出 世 ，

Dm
5 6 3 3 2 2 |
真 福 氣 ， 紅 瓦

F   E7
3 2 6̇ 1 2 0 |
厝 仔 五 間 起 ！

Am
6̇ 6̇ 6̇ 6.̇ 6̇ | 3 3 2̇ 2 1 |
富 仔 貴 仔 是 阮 小 弟

Dm   Em
2 2 2 5 0 5 5 |
(啊) 平 平 安 安

Am
6 — — 0 ‖
過 日 子 。

　　雕塑家余燈詮曾與我共同合作，出版一本《台灣囡仔歌謠》的書，用我的囡仔詩爲歌詞與他的雕塑品做插圖，獲得了許多讀者的喜愛，因此，他再創作了一件以〈富貴平安〉爲主題的作品，用三個小孩在一起嬉戲來呈現，所以才寫了這首〈富貴的兄弟〉的歌。

　　財、子、壽是農業時代，台灣人所追求的目標，凡人都喜歡強調財富、高貴、平安的生活，因此雕塑家創作這三個孩子分別命名爲富仔、貴仔、平安，象徵「富貴平安」。

　　歌詞以「平安」的觀點，寫「富仔、貴仔」出生，帶來家庭的好運，因此「賺大錢、蓋瓦厝」，他們卻只追求過「平安」的日子。

　　本曲採用搖滾的快版來營造新鮮、熱鬧的氣氛。前段樂句音調較低平，來平述「那一年」的事情；行至前段末「阮兜飼大豬，賺大錢」以上揚的曲調來表達家運的旺達；曲中，用四分音符加重音特別強調出「閣一年」之時間性及家裡二弟之福氣。

富貴的兄弟

康 原 詞
曾慧青 曲

彼一年，阿母　生後生　，　族親 (啊) 攏嘛　眞歡喜　，

富仔富仔是　好名字　，　阮兜　飼大豬　賺　大　錢！

閣一年,貴仔　來出世　，　眞福氣，紅瓦　厝仔五間起！

富仔貴仔是　阮小弟　(啊) 平平安安　過日　子　。

伊達邵的囡仔

細漢時，踮潭邊

學泅水，藏水沕

落潭底去掠魚

阮攏真歡喜

伊達邵的囡仔有志氣

阮是伊達邵的囡仔嬰

踮佇日月潭邊

過年時，求祖靈

來保庇，保庇阮

會唸詩閣勢寫字

認真拍拼做代誌

〔註釋〕

① 踮：住在。
② 泅水：游泳。
③ 藏水沕：潛水。
④ 攏：都。
⑤ 保庇：保佑。
⑥ 勢：賢能。

伊達邵的囝仔

搖滾4/4 ♩ = ♩♪

Am
| 0 3 6· 6· 3 2 | 3 — — 0 |
細漢 時 恬潭 邊 ，

Dm
| 0 1 2 3 2 0 3̣ 2 2 3 2 | 2 — — 0 |
學 泅水 藏 水 宓 。

Am
| 6· 1 3 2 2 5 2 |
落潭底 去 掠 魚，

G
| 3. 6 6 5 5 6 5 |
阮攏真歡喜，

Em
| 5 5 5 3 5 5 0 |
伊達邵的 囝仔，

Am Em Am
| 0 6 1 6 6 0 |
有志氣！

Am Em
| 6 3 5 5 5 3 |
阮是 伊達邵的

Am
| 6 6 6 6 6 0 |
囝仔 嬰，

Am G
| 6 3 5 2 3 5 |
恬佇 日月 潭

Am
| 6 — — 0 |
邊。

Am
| 1̇ 6̣ 5 6 6 1 6 |
過 年 時求 祖靈

Dm
| 6 3 3 2 2 0 3 3 |
來保 庇 ， 保庇

F 3̣
| 2 — — — |
阮，

Em
| 3 3 5 5 5 6 1̇ |
會唸 詩閣 勢 寫 字

Am
| 6 — — 2 5 |
認真

G Em
| 5 2 2 2 2 3 2 6 |
拍拼 做 代

Am
| 6· — — 0 |
誌。

87

　　這首歌是描寫住在日月潭畔原住民—邵族的小孩。

邵族的孩子從小就在潭邊遊戲，有時會跳入湖中戲水，潛入潭中去抓

魚，在美麗的山水之中，過著快樂的童年。

　　在邵族的傳說中，他們的先祖為了捕捉白鹿才追到水沙連，發現了

日月潭，因此，邵族人把他們的祖靈安置在拉魯島上的老茄苳下。

　　詩人王灝曾經寫過邵族〈石音若響起〉詩中說起祭祖靈：「伊達邵

欲過年／公媽籃請出佇大埕邊／先生媽／唸咒語／祭祖靈／求保庇」

因此歌中寫到拜祖靈的事情，這是邵族重要的祭典。邵族的小孩祭祖

靈時，只求「會唸詩、會寫字、會做事」是多麼單純的慾望。

　　為表達邵族孩子的活潑與無限潛能，本曲採用搖滾曲風。自首至尾

都是十足帶勁的爵士節奏。唯在曲中「惦佇日月潭邊」處插入長三連

音，是為有意突顯「日月潭」的神聖與特別；末了「求祖靈，來保庇」

等祝禱句，其高亢、直著和激動的旋律正如同心中對聖靈的敬畏和祈

求，以及對自我的無限期許。

伊達邵的囡仔

康 原 詞
曾慧青 曲

細漢時恬潭邊 ， 學泅水 藏 水

宓 。 落潭底 去掠 魚，阮攏真歡喜，

伊達邵的囡仔， 有志氣！ 阮 是 伊達邵的

囡仔嬰 ， 恬佇 日 月 潭 邊 。

過 年 時求祖靈 來保庇，保庇 阮，

會唸詩閣勢寫 字 認真 拍拼 做 代誌。

回鄉的路

一條路　透八卦山

慈悲的佛祖笑紋紋

八卦台地的山崙

乎阮想起故鄉的溫存

一條路　透埔心

薄酒菜倒來飲

乾一杯　大家變仝心

彰化人　親晟朋友尚有親

一條路　透王宮

港邊彼座懸懸的燈

爲朋友弟兄來照明

鄉親熱情阮毋驚海風冷

一條路　透溪州

想起故鄉山明水秀

社頭芭樂佮二水白柚

解決想厝的憂愁

〔註釋〕

❶ 透：通往。
❷ 笑紋紋：微笑樣。
❸ 王宮：王功的古地名。
❹ 懸懸：高高的。

❺ 親晟：親戚。
❻ 尚有親：最親切。
❼ 芭樂：番石榴。

90

回鄉的路

中速・爵士 ♩ = ♪♪

Am	G6		F	E		Dm		Dm7		F		E7

6 7 1. 2 1 | 3 ³2 3 3 0 | 2 2 3 1 2 1 | 1 7 6 7 7 — ‖

一 條 路 透 八 卦 山 ， 慈 悲 的 佛 祖 笑 紋 紋 ，

Am		G		F	E7			Am		Dm		E7	Am

1 6 6 2 2 1 | 2 #2 3 3 3 #4 5 | 3 6 3 3 2 3 3 | 2 1 7 6 6 0 ‖

八 卦 台 地 的 山 崙， 乎 阮 想 起 故 鄉 的 溫 存。

Am	G6		F	E		Am		G		F	E		Am	G

6 7 1. 2 | 3 2 3 3 0 | 3 3 6 2 1 | 6 7 6 7 0 | 6 7 1 1 2 4 4 |

一 條 路 透 王 宮， 港 邊(的)彼 座 懸 懸 的 燈， 爲 朋 友 弟 兄 來

F		E		Am		Dm	E		Am	E7	※ Am			E7

3 #2 3 3 3 #4 5 | 6 5 4 5 4 6 3 | 2 1 ¹7 6 6 0 ‖ 6 — — — | 6 — — — ‖

照 明， 鄉 親 的 熱 情 阮 毋 驚 海 風 冷。 啊 ～

Am				C6	Dm		F	E7		Am	Dm

6 6 6.1 | 1 6 6 1 1 6 | #2 3 6 3 3 6 | ♭3 2 1 2 2 0 | 3 6 2 1 2 |

一 條 路(啊) 透 埔 心， 薄 酒 菜 倒 倒 來 飲。 乾 一 杯 大 家

E7		Am	G	E7			E	Am		Am	G6

3 #2 3 6 6 6 6 7 | ⁷1 7 7 6 7 6 5 | 3 #2 3 6 6 0 ‖ 6 7 1. 2
                                              fine

變 仝 心， 彰 化 的 人 親 晟 朋 友 尚 有 親。 一 條 路

F		E		Dm		Dm7		F	E7		Am	G

3 2 3 3 0 | 3 6 3 3 2 3 2 | 1 2 ³3 7 0 | 6 7 1 2 #2 |

透 溪 州， 想 起 故 鄉 的 山 明 水 秀， 社 頭 芭 樂 佮

F			E6				E7	Am

3 6 3 1 2 2 | 3 6 3 #2 3 3 3 | 3 4 5 6 6 0 ‖ ※

二 水 的 白 柚， 解 決 想 厝 的 憂 愁。

91

　　彰化縣政府舉辦「遊子返鄉」活動，邀請詩人撰寫返鄉的詩歌，我寫了〈回鄉的路〉與〈夜色中的燈〉，而〈回鄉的路〉是台語書寫。

　　每一段的句首「一條路」做開始，暗喻這些遊子從各地回到彰化的每一個角落，我選擇了彰化市、王功、社頭與溪州，指山線、海線、平原的地標，然後寫出各地地理及產業特色：八卦山、燈塔、山光水色；農特產業有：番石榴、白柚、薄酒萊……

　　當然這首歌可無限延伸下去，每一條路就可寫一個地方。以不同的地方特色，來使歸鄉的鄉親回味起故鄉的美好記憶，最後一段以把酒言歡來共敘鄉情。

　　此曲一反平常回鄉曲或思鄉曲的悲傷調子，而以Blues的舞曲風格，積極、活潑、豪情洋溢地介紹家鄉風土人文。

回鄉的路

康　原　詞

曾慧青　曲

Allegretto
爵士曲風

mf

一　條　路　透　八　卦　山　，　　慈　悲　的　佛　祖

笑　紋　紋　　　，　　八　卦　台　地　的　山　崙　，乎　阮

想　起　故　鄉　的　溫　存　。　　一　條　路

透　王　宮　，　港　邊　(的)彼　座　懸　懸　的　燈　，

爲　朋　友　弟　兄　來　照　明，鄉　親　的　熱　情　阮　毋　驚

海　風　冷　。　啊～　　　　　一　條　路　(啊)

透　埔心　　　，　薄　酒　萊倒　倒　來　飲　。

乾　一　杯大　家　變　仝心　，彰化的　　人親晟朋　友

尚　有　親　　。　　一　條　路　　透溪　州　，

想起　　故　鄉　的　山明水　秀　，　社　頭芭樂佮

二　水　的　白柚　，　解　決　想厝的　憂　　愁　。

美麗的存在──台灣囡仔的歌

唱台灣的歌，也承傳台灣的文化；
　尋回失落的鄉音，並擁抱這片美麗的地土。

《囡仔歌教唱讀本》
五十首最具台灣本土風味的童謠，
讓您重拾早期台灣生活的童年記憶

本書為台灣傳統唸謠及創作童謠的教唱本，附有五線譜、羅馬拼音、文字解說、教唱CD。

康原◎文字解說、賞析　施福珍◎作曲、編曲　王美蓉◎內頁插圖　　定價550元

《台灣囡仔歌謠》
一本兼具欣賞、學習價值的台語童謠讀本。
收藏五○年代鄉間兒童生活記憶，
給大人、小孩無限歡樂的台灣囡仔歌謠。

本書有口語化的台語念謠，神態純真的雕塑，朗朗上口的音樂旋律，是一本可供欣賞與學習的台語童謠讀本；除了可以學習台語的活潑逗趣，同時也能欣賞名家雕塑作品；而輕快的音樂旋律，簡單易學，更能引人進入囡仔的快樂世界。

康原◎文字　余燈銓◎雕塑　皮匠◎音樂　鄭慶源◎標音　　定價280元

《愛情籤仔店》
台灣人的青春戀歌
24首最具聲韻之美的台語情詩

《愛情籤仔店》收錄了賴和、王金選、李勤岸、莊柏林、路寒袖、宋澤萊、方耀乾、林建隆、張春鳳、周定邦、藍淑貞、陳金順、岩上、林沉默、潔民、向陽等16位詩人共24首台語白話詩作，並由康原一一為這些台語情詩作導讀。
這些詩人描寫男女之間的情感，表達方式五花八門，利用不同的情境去抒寫愛情。但都能運用台灣人生活中的特殊語言意象，如〈愛情符仔水〉、〈愛情籤仔店〉、〈情路爬高崎〉、〈春天的花蕊〉、〈相思〉、〈我e枕頭〉、〈牽手做陣行〉、〈白露〉、〈春花不敢望露水〉、〈情鎖〉、〈芳味〉、〈病相思〉……等詩題。這一些詩都注意押韻，音樂性特別強，承繼了台語韻文詩的傳統，有歌謠的韻味。

康原◎編選導讀　王志峰◎繪圖　　定價150元

小書迷 13	台灣囡仔的歌

文字	康 原
音樂	曾 慧 青
文字編輯	陳 聖 宗 ・ 楊 嘉 殷
封面設計	楊 芳 菁
內頁繪圖	黑 二
內頁設計	李 靜 佩

發行人	陳 銘 民
發行所	晨星出版有限公司
	台中市工業區30路1號
	TEL:(04)23595820　　FAX:(04)23597123
	E-mail:morning@morningstar.com.tw
	http://www.morningstar.com.tw
	行政院新聞局局版台業字第2500號
法律顧問	甘 龍 強 律師
印製	知文企業（股）公司　　TEL:(04)23591803
初版	西元2006年11月30日

總經銷	知己圖書股份有限公司
	郵政劃撥帳號：15060393
	〈台北公司〉台北市106羅斯福路二段95號4F之3
	TEL:(02)23672044　FAX:(02)23635741
	〈台中公司〉台中市407工業區30路1號
	TEL:(04)23595819　FAX:(04)23597123

定價 280 元

（缺頁或破損的書，請寄回更換）

ISBN-10 957-455-918-1

ISBN-13 978-957-455-918-3

Published by Morning Star Publishing Inc.

All Rights Reserved.

國家圖書館出版品預行編目資料

台灣囡仔的歌／康原，曾慧青著. －－ 初版. －－
臺中市：晨星，2006〔民95〕
面；　　公分. －－（小書迷圖書館；013）

ISBN-10　957-455-918-1（平裝附2片CD）
ISBN-13　978-957-455-918-3（平裝附2片CD）

859.8　　　　　　　　　　　　　　　94016127

以下資料或許太過繁瑣，但卻是我們瞭解您的唯一途徑
誠摯期待能與您在下一本書中相逢，讓我們一起從閱讀中尋找樂趣吧！

姓名：_____　　性別：□ 男　□ 女　　生日：　　／　　／

教育程度：_____

職業：□ 學生　　　　□ 教師　　　　□ 內勤職員　　□ 家庭主婦
　　　□ SOHO族　　 □ 企業主管　　□ 服務業　　　□ 製造業
　　　□ 醫藥護理　　□ 軍警　　　　□ 資訊業　　　□ 銷售業務
　　　□ 其他 _____

E-mail：_____　聯絡電話：_____

聯絡地址：□□□ _____

購買書名：台灣囡仔的歌_____

· 本書中最吸引您的是哪一篇文章或哪一段話呢？_____

· 誘使您購買此書的原因？

□ 於 _____ 書店尋找新知時　□ 看 _____ 報時瞄到　□ 受海報或文案吸引
□ 翻閱 _____ 雜誌時　□ 親朋好友拍胸脯保證　□ _____ 電台DJ熱情推薦
□ 其他編輯萬萬想不到的過程：_____

· 對於本書的評分？（請填代號：1. 很滿意　2. OK啦！　3. 尚可　4. 需改進）

封面設計 _____　版面編排 _____　內容 _____　文／譯筆 _____

· 美好的事物、聲音或影像都很吸引人，但究竟是怎樣的書最能吸引您呢？

□ 價格殺紅眼的書　□ 內容符合需求　□ 贈品大碗又滿意　□ 我誓死效忠此作者
□ 晨星出版，必屬佳作！　□ 千里相逢，即是有緣　□ 其他原因，請務必告訴我們！
_____

· 您與眾不同的閱讀品味，也請務必與我們分享：

□ 哲學　　　□ 心理學　　□ 宗教　　　□ 自然生態　□ 流行趨勢　□ 醫療保健
□ 財經企管　□ 史地　　　□ 傳記　　　□ 文學　　　□ 散文　　　□ 原住民
□ 小說　　　□ 親子叢書　□ 休閒旅遊　□ 其他 _____

以上問題想必耗去您不少心力，為免這份心血白費
請務必將此回函郵寄回本社，或傳真至（04）2359-7123，感謝！
若行有餘力，也請不吝賜教，好讓我們可以出版更多更好的書！

· 其他意見：

請填妥後對折裝訂，直接投郵即可，免貼郵票。

廣告回函
台灣中區郵政管理局
登記證第267號
免貼郵票

407
台中市工業區30路1號

晨星出版有限公司

請沿虛線摺下裝訂，謝謝！

更方便的購書方式：

(1) **網站**：http://www.morningstar.com.tw

(2) **郵政劃撥**　帳號：15060393
　　　　　　　帳戶：知己圖書股份有限公司
　　請於通信欄中註明欲購買之書名及數量。

(3) **電話訂購**　如為大量團購可直接撥客服專線洽詢。

◎ 如需詳細的書目，可上網或來電索取。
◎ 客服專線：(04)23595819-230　FAX：(04)23597123
◎ 客服信箱：service@morningstar.com.tw